DAVID·SHANNON

Demasiados Juguetes

SCHOLASTIC INC.
New York Toronto London Auckland Sydney
Mexico City New Delhi Hong Kong Buenos Aires

A mis excelentes vecinos,
la familia Carr

This book is being published simultaneously in
English as *Too Many Toys* by the Blue Sky Press.
ISBN-10: 0-545-07918-7 / ISBN-13: 978-0-545-07918-1
10 9 8 7 6 5 4 3 2 1   08 09 10 11 12
Printed in Singapore   46
First Spanish printing, October 2008

SPENCER TENÍA DEMASIADOS JUGUETES.
Estaban esparcidos por todo el piso de
su cuarto y se apilaban en el armario. Había
juguetes debajo de la cama, por las escaleras
y hasta en la sala.

Tenía juguetes grandes en el jardín...

y juguetes pequeños en la bañera.

A veces, Spencer jugaba tranquilamente a arrastrar sus juguetes de madera. Otras veces, jugaba con juguetes electrónicos que hacían mucho ruido. Tenía rompecabezas, juegos de mesa y libros que hablaban y lo ponían a pensar...

y videojuegos escandalosos
que le impedían pensar.

A Spencer le gustaba organizar
desfiles de juguetes que iban de un lado
a otro de la casa. Tenía un verdadero
zoológico de peluches y un ejército
gigantesco de superhéroes.

Tenía una flota de aviones, trenes y barcos de juguete y una caravana de camiones y autos miniatura.

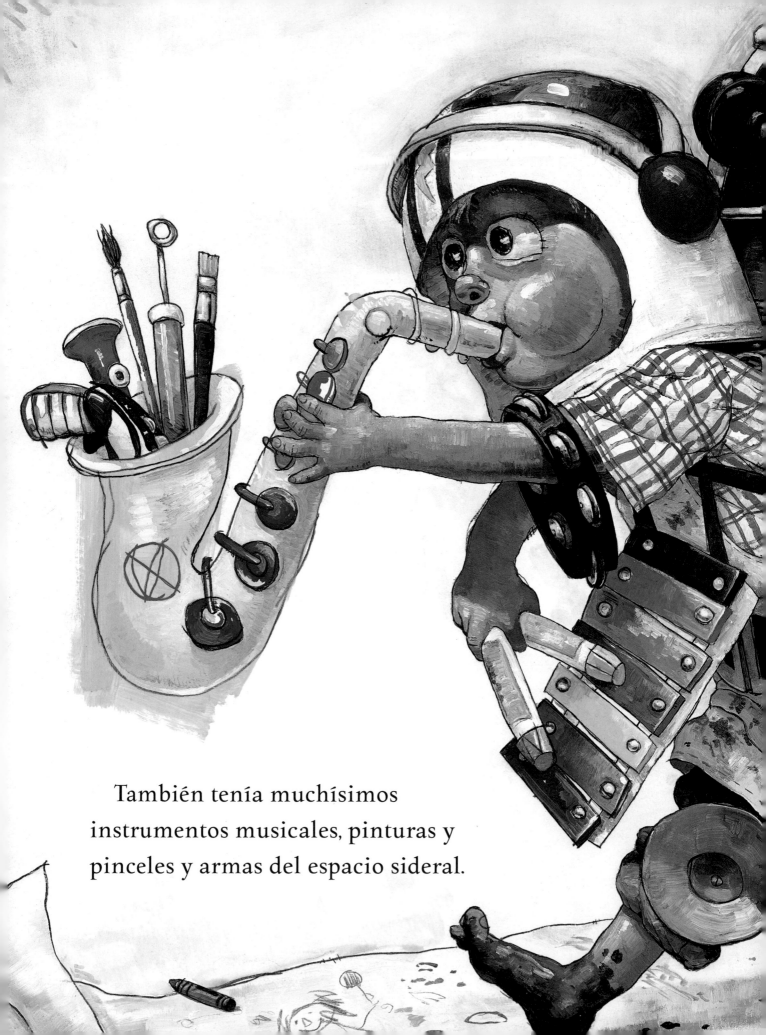

También tenía muchísimos
instrumentos musicales, pinturas y
pinceles y armas del espacio sideral.

Todo el mundo le regalaba juguetes a Spencer. Por supuesto, su mamá y su papá. Pero también su abuela Pilita y Popi y el abuelito y tía Mim y tío Fred y primo Tim. Le regalaban juguetes todos los días feriados (¡hasta el 4 de julio!) y por su cumpleaños.

Sus amigos le regalaban juguetes por su cumpleaños, y cuando él iba a los cumpleaños de sus amigos, ¡también salía con regalos! Le daban juguetes en los restaurantes de comida rápida, en la escuela cuando conseguía puntos por ayudar a la gente y también en el dentista y en el médico cuando no se quejaba.

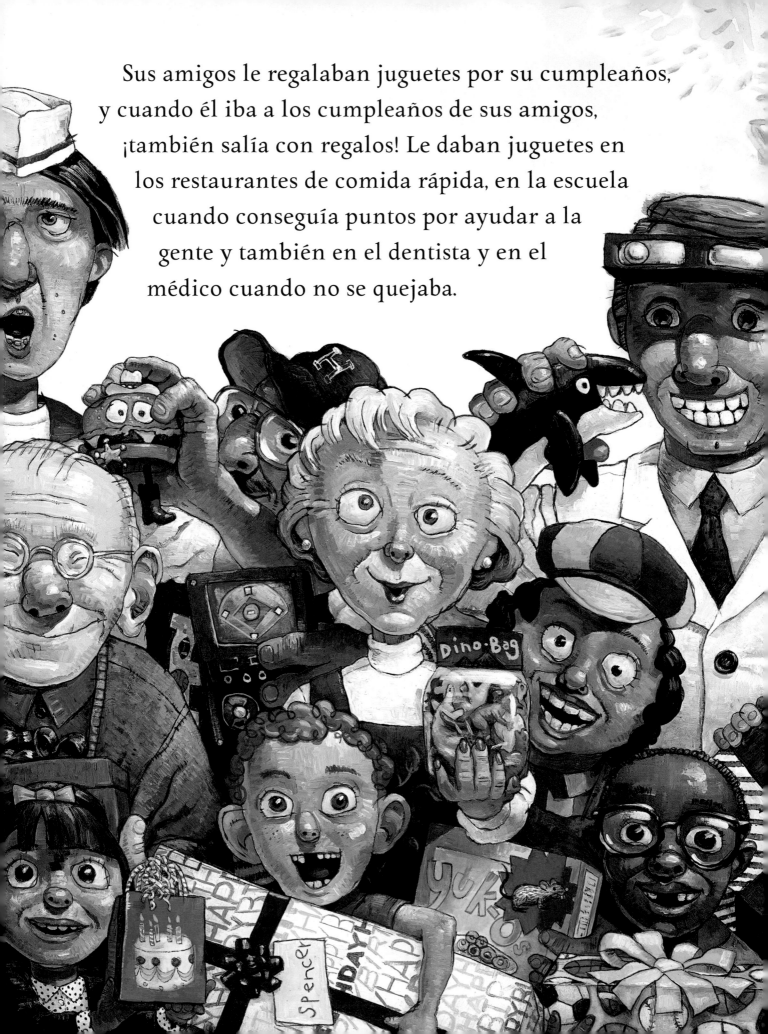

ESO ES UN MONTONAZO DE...

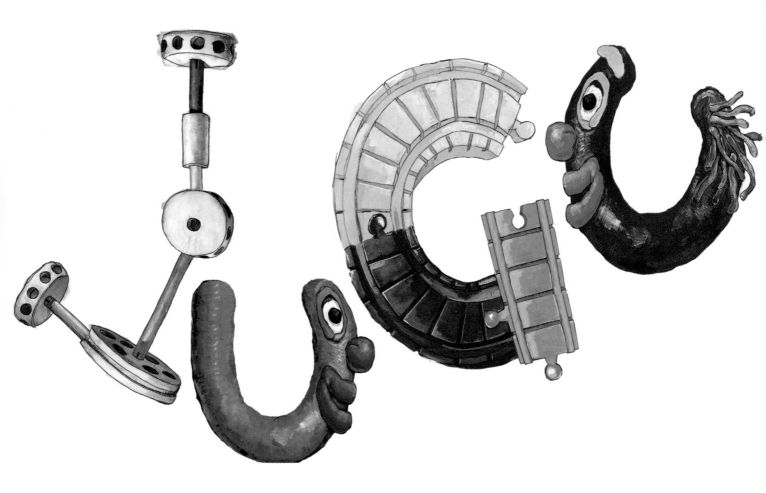

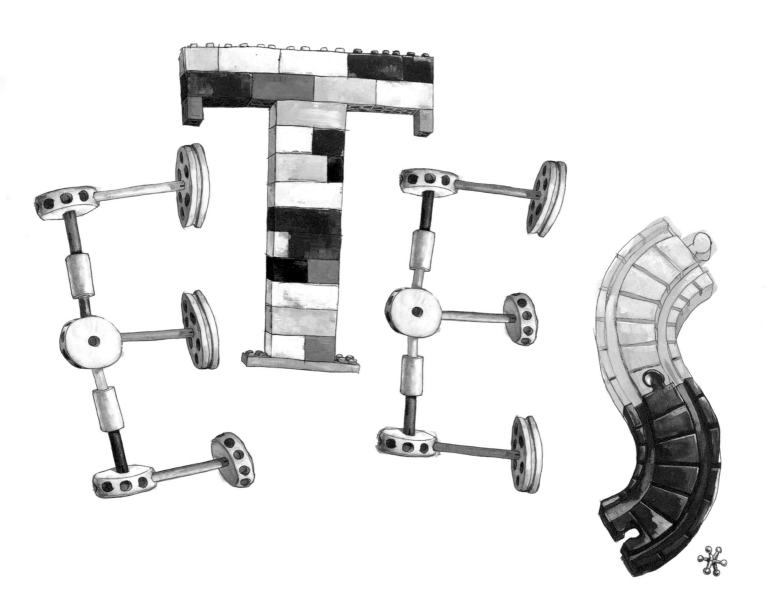

Y se estaban convirtiendo en un peligro público.
¿Alguna vez has pisado una pieza de Lego estando
descalzo? ¿O una taba? ¡Duele muchísimo! Sobre
todo si pesas tanto como el papá de Spencer.

Además, si vas cargada con la ropa limpia, te puedes tropezar con cosas como las vías del tren o los autos de carreras.

Un día, la mamá de Spencer se hartó de tantos juguetes.

—¡Spencer! —gritó mientras subía las escaleras—.
¡TIENES DEMASIADOS JUGUETES!

"Eso es imposible", pensó Spencer.

—Tienes que deshacerte de alguno —le ordenó su mamá.

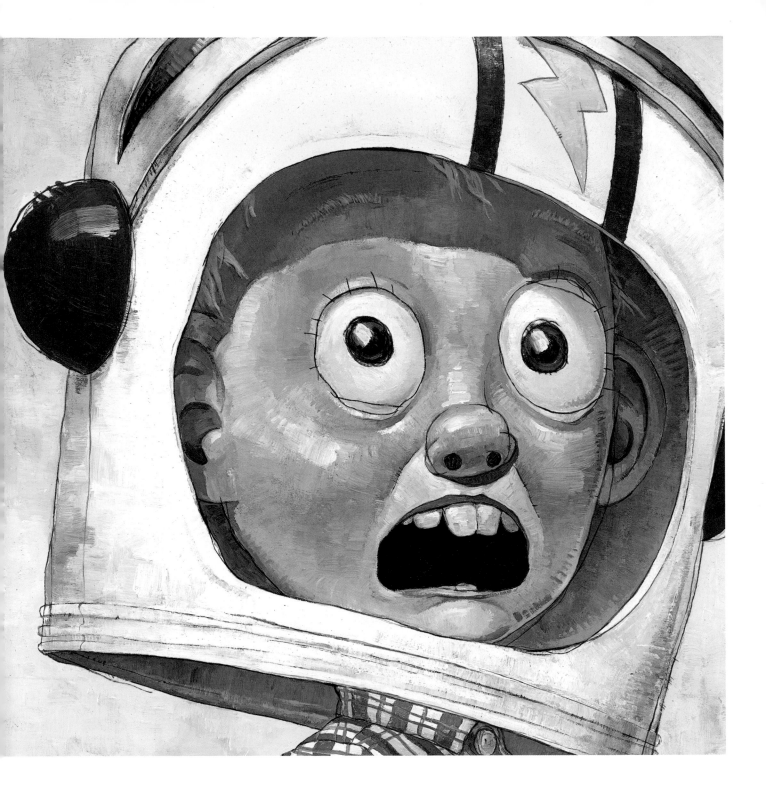

"¡Eso es una CATÁSTROFE!"

—Elije los juguetes que no quieras —le ordenó—, y ponlos en esta caja.

—¡PERO ES QUE ME GUSTAN TODOS! —gritó Spencer.

—Está bien —dijo su mamá, agarrando un ninja espacial—. Yo te ayudaré. ¿Qué te parece este? Hace años que no juegas con él.

—¡Pero estaba a punto de usarlo!

—Spencer —dijo su mamá—. No tiene cabeza.

—¡Le iba a hacer una! —dijo Spencer.

—Muy bien —dijo la mamá de Spencer, dejando el ninja en el suelo y agarrando un conejo sucio que solo tenía una oreja—. Pero este sí que se puede ir.

—¡No, el señor Orejas no! Mamá, ¿cómo vas a hacer eso?

—Entonces, este —dijo.

—¡Pero ese es el mejor amigo del señor Orejas!

—¿Y este?

—Mamá, ¿no te acuerdas? La abuela Pilita me regaló ese cuando cumplí cuatro años. Y NUNCA jamás voy a volver a cumplir cuatro años.

—Ay, Spencer, por favor —dijo su mamá con un gesto de resignación—. ¡No seas tan dramático!

—Muy bien —añadió—. Puedes quedarte con
ese, pero voy a regalar este cerdo y este Tren Chucuchú.

—¡Sabes qué? —dijo Spencer—. Que te puedes quedar
con el cerdo, pero yo me quedo con el Tren Chucuchú.

—¿Ah sí? ¿Es que ahora eres abogado? —preguntó la
mamá de Spencer—. Muy bien, quédate con el Tren
Chucuchú, pero la vaca también se va a la caja, ¿está bien?

—¿Qué te parece si ponemos dos Chismirotes en lugar

del tren? —dijo Spencer—, y además puedo meter
uno de los Peque Saltarines, el que tú elijas.

—¿Qué te parece si los pones todos en la caja o te
quedas sin tele una semana?

Spencer pensó que más le valía aceptar la oferta.

—Trato hecho.

—Por fin hay juguetes en la caja —suspiró la mamá
de Spencer—. ¡No sabía que esto iba a ser tan difícil!

Se sentó agotada en el piso, al lado de un pirata con forma de huevo que empezó a gritar: "¡AY, MALANDRÍN! ¡AY, MALANDRÍN! ¡AY, MALANDRÍN!".

—Aquí tienes otro juguete del que puedes prescindir —dijo.

—Muy bien —dijo Spencer.

Su mamá casi se desmaya.

—¿Cómo? ¡Lo vas a tirar así, sin más, sin ni siquiera discutir?

—Sí —contestó Spencer—. Ese es de papá.

Spencer y su mamá registraron todas las cajas
de juguetes y miraron en todos los armarios
y debajo de todas las camas y discutieron
y se pelearon por todos y cada uno de los
juguetes que había en la casa. Cuando por fin
terminaron, su mamá tuvo que prepararse una
taza de té y tomar un pequeño descanso.

Entonces volvió al segundo piso para empezar a meter los juguetes en el auto. Pero cuando entró en el cuarto, en lugar de ver una caja llena de juguetes, lista para llevar, ¡se encontró con un montón de juguetes desordenados por todo el suelo!

—¡SPENCER! —gritó—. ¿QUÉ HAS HECHO? ¡HABÍAMOS HECHO UN TRATO!

—Tenías razón, mamá —dijo Spencer desde su cuarto—. Tengo demasiados juguetes. Pero esta caja, no puedo deshacerme de ella...

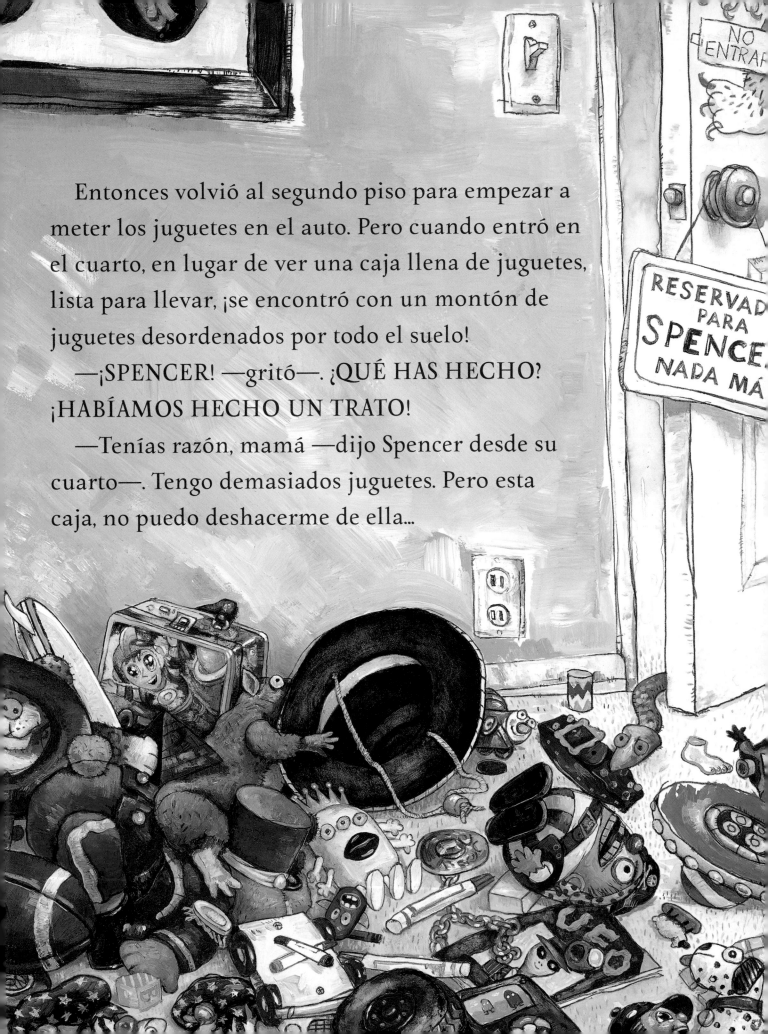

¡Es el
mejor juguete
del mundo!